거
울
나
기

거울나기

초판 1쇄 인쇄 | 2022년 5월　9일
초판 1쇄 발행 | 2022년 5월 20일

지은이 | 김현원
발행인 | 안유석
편집자 | 고병찬
디자이너 | 이정빈
펴낸곳 | 처음북스
출판등록 | 2011년 1월 12일 제2011-000009호
주소 | 서울특별시 강남구 강남대로364 미왕빌딩 17층
전화 | 070-7018-8812
팩스 | 02-6280-3032
이메일 | cheombooks@cheom.net
홈페이지 | www.cheombooks.net
인스타그램 | @cheombooks
페이스북 | www.facebook.com/cheombooks
ISBN | 979-11-7022-242-2 02810

거울나기

처음북스

할머니와 나 어쩌면 우리가 사는 이야기

할머니와 나는 참 많이 닮았다. 눈의 생김새와 옅은 눈썹, 콧방울이 톡 튀어나온 것하며, 아랫입술이 윗입술보다 약간 불거진 것까지도. 외모만 닮은 것도 아니다. 서로 개코라고 우스갯소리를 할 만큼 할머니와 난 냄새를 잘 맡고, 아침에 얼굴이 퀭하면 으레 간밤에 고민이 있었다고 느낄 만큼 예민하기도 하다.

거울을 보듯 닮은 할머니와 나는 누구나 그러하듯 추운 겨울을 살았다. 곁에 있어야 할 이들은 우리를 떠났고, 사랑했던 이들은 하늘의 별이 되었다. 뻥하고 뚫린 가슴 편에 달라붙는 눈발에 행여 내가 추울까 봐, 할머니는 온몸으로 나를 품고 그렇게 걷고 또 걸었다.

한 걸음, 한 걸음, 한 걸음…. 어느 날 난 문득 알게 됐다. 할머니의 걸음이 느려지고 있다는 것을. 강건하던 할머니의 두 다리가 어느새

야위어져 있다는 것을. 눈이 쌓여 희게 보였던 머리카락이 사실 하얗게 세고 있었다는 것을. 그래서 나는 할머니보다 앞서 걷기로 했다.

할머니를 부축하고 싶었다. 할머니를 지켜주고 싶었다. 긴 삶의 회한을 어루만져 드리고 싶었다. 그렇게 마음먹으니 눈이 쌓여 보이지 않았던 푸릇한 무언가가 보이기 시작했다. 난 그걸 남기려 했다.

"그제야 깨달았다. 우리는 누구나 그러하듯 따듯한 봄을 살았다."

김현원

목차

프롤로그 004

할머니와 나랑 사는 이야기, 봄
꽃 009
봄이 오면 010
쫍 011
성공 012
외출 013
어깃장 014
만두 핑퐁 024
컬러링 마스터 025
화상 1 026
화상 2 027
좋아 028
앨범 029

할머니와 나랑 사는 이야기, 여름
수박 031
고스톱 032
오미자 033
옘병, 깜짝이야! 034
처음 안 사실 035
그림 036

할머니를 웃게 하는 것 037
드립 연구 047
부바바와 꽉꽉이 048
취향 존중 049
할머니 잘 알 050
불찰 엔딩 051
5월이 되면 052
거인 나라의 할머니 053

할머니와 나랑 사는 이야기, 가을
된장국 063
할머니 '도' 064
써 065
석가모니펌 066
혼남 067
주름살 068
크림빵 069
고마뿡 080
웃었잖아요! 081
대국 082
예기 083
그라믄 못 써 084
와이사쓰 085

나중에 안다 086

DANGER 096

원격 악손 097

무슨 맛? 098

부방방뛰 099

난 뭐든 잘 먹어 100

내가 갖고 싶은 것 101

할머니와 나랑 사는 이야기, 겨울

제사 113

영원히 살 것처럼 114

웃었지? 웃었지! 115

힐끔 116

소학교 117

예뻐 136

그래 좋다 137

반가운 손님 138

집에서 분실 139

다 봤어 140

잠깐 나갔다 올게 141

요강 142

보기만 해도 152

스테이크와 파김치 153

콩심콩 154

개 주디 155

뽀인트 156

달님 157

할머니와 나랑 사는 이야기, 다시 봄

월요일 169

맛있다아 170

장래희망 고물상 171

베란다 172

약간 173

싸움은 별개 174

수고했다 175

얄미운 뇨속 176

하나니까 177

타짜 178

마중 179

할머니의 자가용 180

에필로그 190

할머니와 나랑 사는 이야기,

봄.

\꽃\

봄이 오면

\쫍\

\성공/

외출

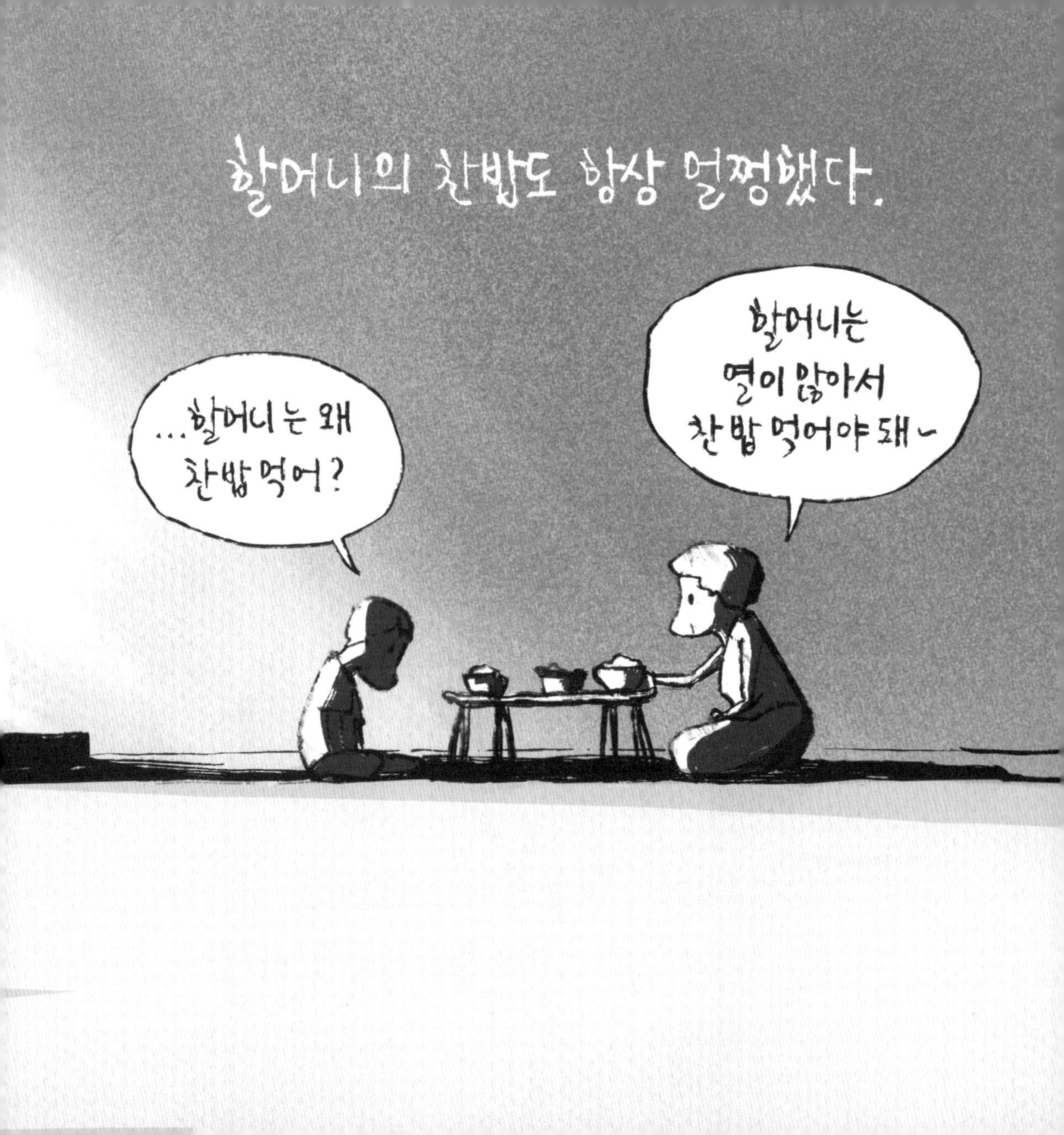
할머니의 찬밥도 항상 멀쩡했다.
...할머니는 왜 찬밥 먹어?
할머니는 열이 많아서 찬밥 먹어야 돼~

투정부리고, 심술부리고, 화내고...
참 할머니께 몹쓸 짓을 많이 했다.

자기에게는 박하면서 나만 챙겨주는게 싫었다.
그래서 그렇게 어깃장을 놨다.

'두고봐, 어깃장 영원히 놓을테다.'

시골집의 부엌이 떠오른다. 노란 비닐 장판 두 개를 양쪽으로 맞닿아 놓아 가운데가 붕 뜨던 그 조그만 부엌. 부엌은 항상 내가 할머니에게 어깃장을 놓는 공간이었다. 할머니는 항상 말라붙어 밥풀이 훤히 보이는 찬밥과 쉬어빠져 기포가 슬슬 올라오는 김치만 드셨다. 기껏 요리하신 달걀찜이나 북어조림은 드시지 않았다.

　할머니는 자신을 찬밥 대장, 김치 대장이라고 했다. 갓 지은 밥은 너무 뜨거워 김치를 올리면 김치 맛이 안 난다고 했다. 방금 요리한 반찬은 만들 때 냄새를 하도 맡아서 벌써 질렸다고 이야기했다. 할머니는 늘 그렇게 살아오셨다. 항상 자신은 아무것도 아닌 것처럼, 아무래도 상관없는 것처럼.

만두 핑퐁

컬러링 마스터

화상 2

좋아

\앨범/

29

할머니와 나랑 사는 이야기,

여름

《수박》

고스톱

오미자

염병, 깜짝이야!

＼처음 안 사실＼

\\그림//

옛날
짠! 이거 봐라! 베지터다~!
헤헤
아유~ 잘 그렸네~
커서 화가가 될려고 그러나~?
연습장
아니! 베지터!
지금
벌써 다 그렸어?! 봐봐!
참 어렵더라고. 복잡해.
우와~ 너무 잘했다~ 할머니~
컬러링북
ㅎㅎ 그래?

할머니와 나는 수박을 좋아한다. 껍질은 단단하지만, 일단 까보면 빨간 과육은 시원하고 달콤하다. 꼭 겉으로는 무뚝뚝하지만, 속마음은 그렇지 않은 할머니와 나 같다. 퉁명스럽게 말씀하시는 할머니의 표정 안에 숨겨진 달콤함이 난 쉬이 들여다보인다. 그런데도 똑같이 무뚝뚝하게 대하고 만다. 그래도 우리는 다 안다.

＼드립 연구／

부바바와 꽉꽉이

취향 존중

할머니 잘 알

\불찰 엔딩//

5월이 되면

거인 나라의 할머니

할머니는 거인 나라에 산다.

할머니를 둘러싼 모든 것들이

이제는
점점 거대해진다.

할머니가 다니는 길은
그전보다 더욱 멀어졌고.

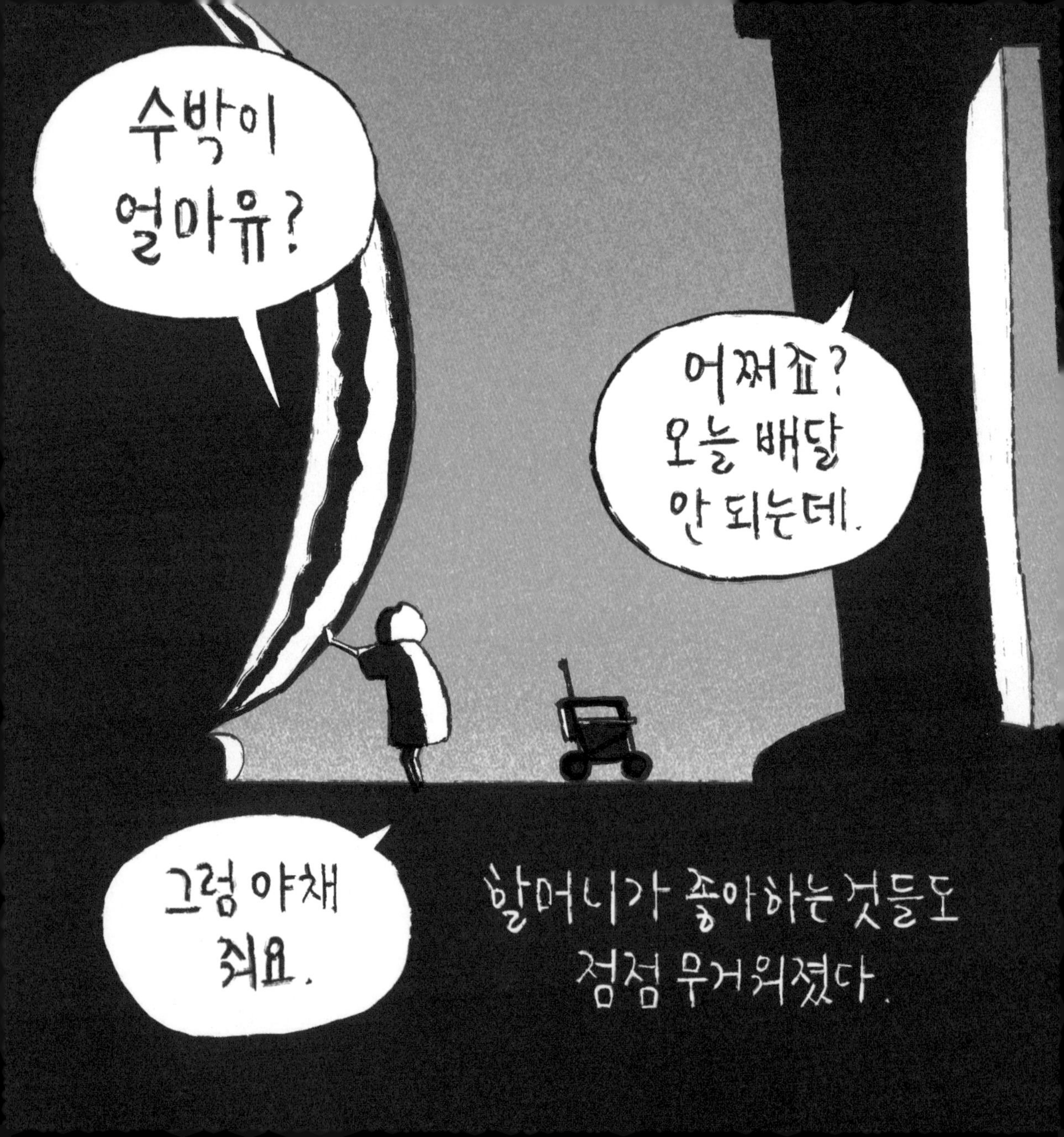
수박이 얼마유?
어쩌죠? 오늘 배달 안 되는데.
그럼 야채 줘요.
할머니가 좋아하는 것들도 점점 무거워졌다.

할머니, 내가 할게.
무리 안해도 돼 이제.

"예전처럼 뭐든지 할 수 있을 것만 같은데, 몸이 따라주지 않아. 몇 해 전에는 가까운 거리였는데 이제는 거기까지 가기가 힘에 부쳐."

할머니의 힘없는 목소리에 난 마른침을 꿀꺽 삼킨다. 내가 당황하는 기색에 행여나 할머니가 더 주눅 드실까 봐 멋쩍게 허허 웃으며, 요새 컨디션이 떨어지셔서 그런 거라며 첫 운을 뗀다. 가족을 보살핀 세월이 고스란히 새겨진 두 손을 붙잡고 따뜻한 말 한마디 건네드리고 싶지만, 그놈의 머쓱함 때문에 그것마저 쉽지 않다.

"그러니까 잘 드시고 운동을 꾸준히 하시면 돼."

고작 내가 할 수 있는 말이라곤 이것뿐이다. 동시에 속으로 되뇌고 또 되뇐다.

'할머니 내가 지켜 줄게. 걱정하지 마.'

할머니와 나랑 사는 이야기,

가을

된장국

할머니 '도'

써

석가모니펌

∥혼남∥

주름살

크림빵

어려서 난 크림빵을 듬뿍 받았다.

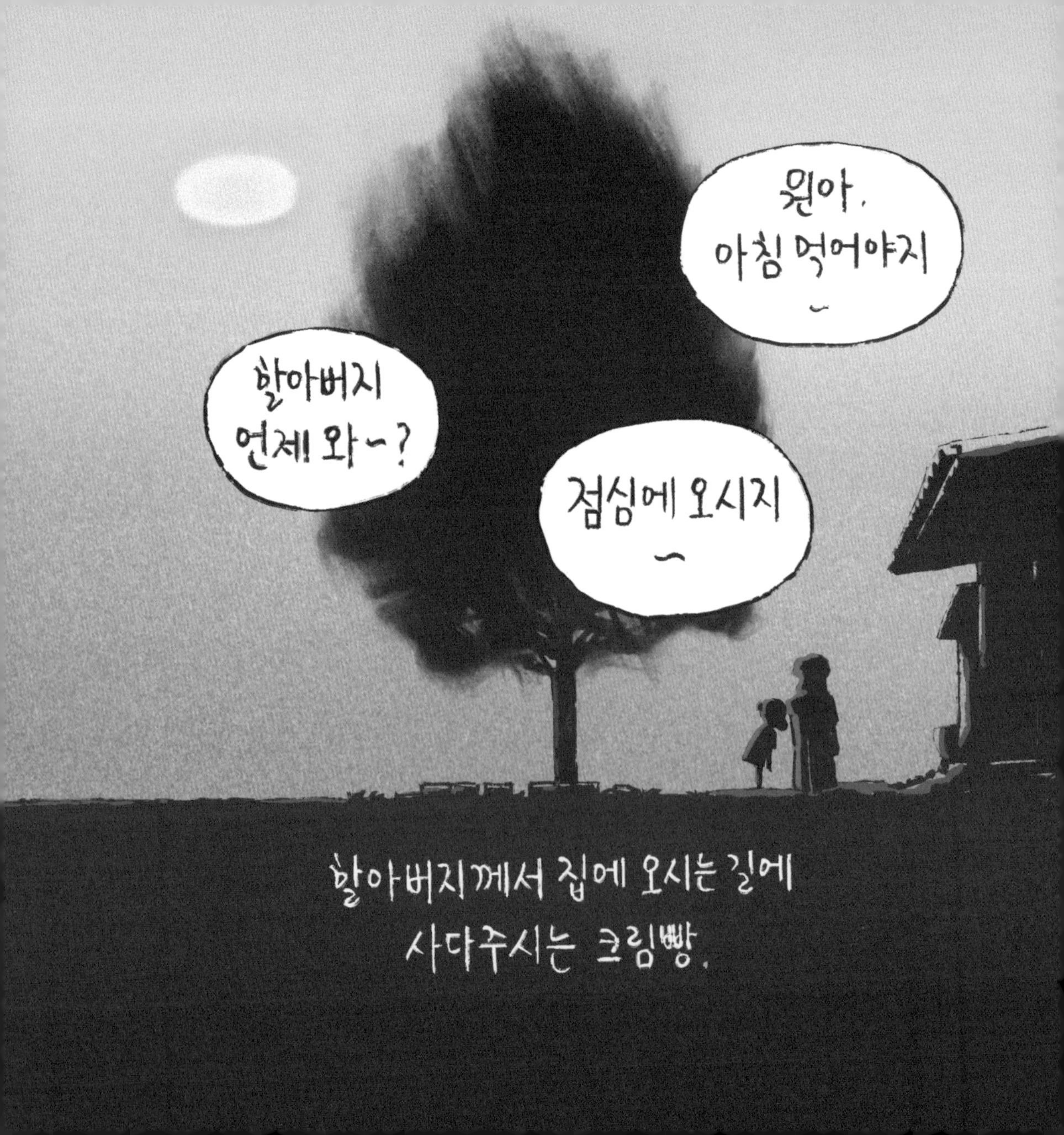
윈아. 아침 먹어야지~
할아버지 언제 와~?
점심에 오시지~
할아버지께서 집에 오시는 길에
사다주시는 크림빵.

해가
쨍쨍해질 즈음부터 난,

크림빵 먹을 생각에
들뜨곤 했다.

나중에 알고보니 그 크림빵은,
아파트 경비원에게 나오는 밤참이었다.

근데
할아버지는
밤에 어디가?

할아버지
일하러 가시지

사랑하는 손주에게 주기 위해,
새벽 허기를 참으시며 가져오신 것이었다.

어려서 난 크림빵을 듬뿍 받았다.

언젠가 집으로 돌아가는 길에 발걸음이 멈춰버린 적이 있다. 바로 빵집 유리 너머로 보이는 크림빵을 보고 말이다. 살짝 기름을 바른 듯 갈색빛의 윤기를 띠고 있는 그 길쭉한 크림빵은 내게, 할아버지와의 소중한 추억을 떠올리게 했다. 할아버지가 가지고 오신 그 맛있었던 크림빵…. 난 빵집에 들어가 그 추억을 양껏 샀다.

내가 사 온 크림빵을 연신 쓰다듬으시며 할머니는 말씀하셨다. 할아버지가 야밤에 출출하셨을 텐데 용케 빵을 가져오셨다고. 손자가 빵을 맛있게 먹는 모습이 그렇게나 기특하셨는지, 행여나 망가질까 고이고이 가져오셨다고. 그 말을 듣는 순간 난 빵과 함께 뜨거운 무언가를 삼켰다.

고마뿡

대국

〢예기〢

그라믄 못 써

\\와이사쓰\\

나중에 안다

내 고향 집은 할머니의 고향 집이기도 하다.

기역...니은...
디귿...리을...

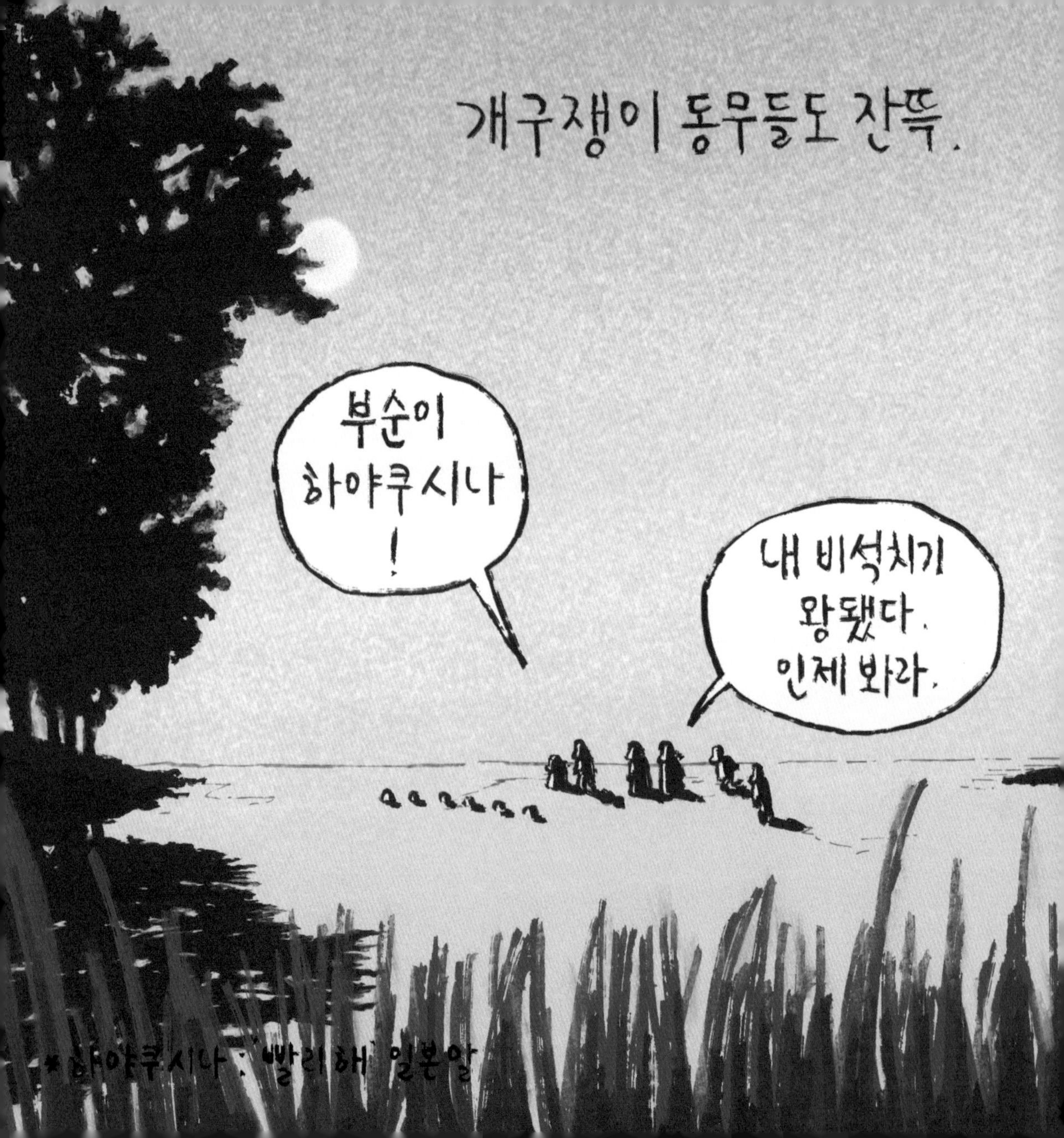
개구쟁이 동무들도 잔뜩.
부순이 하야쿠시나 !
내 비석치기 왕됐다. 인제 봐라.
* 하야쿠시나 : '빨리해' 일본말

집에 들어가면.

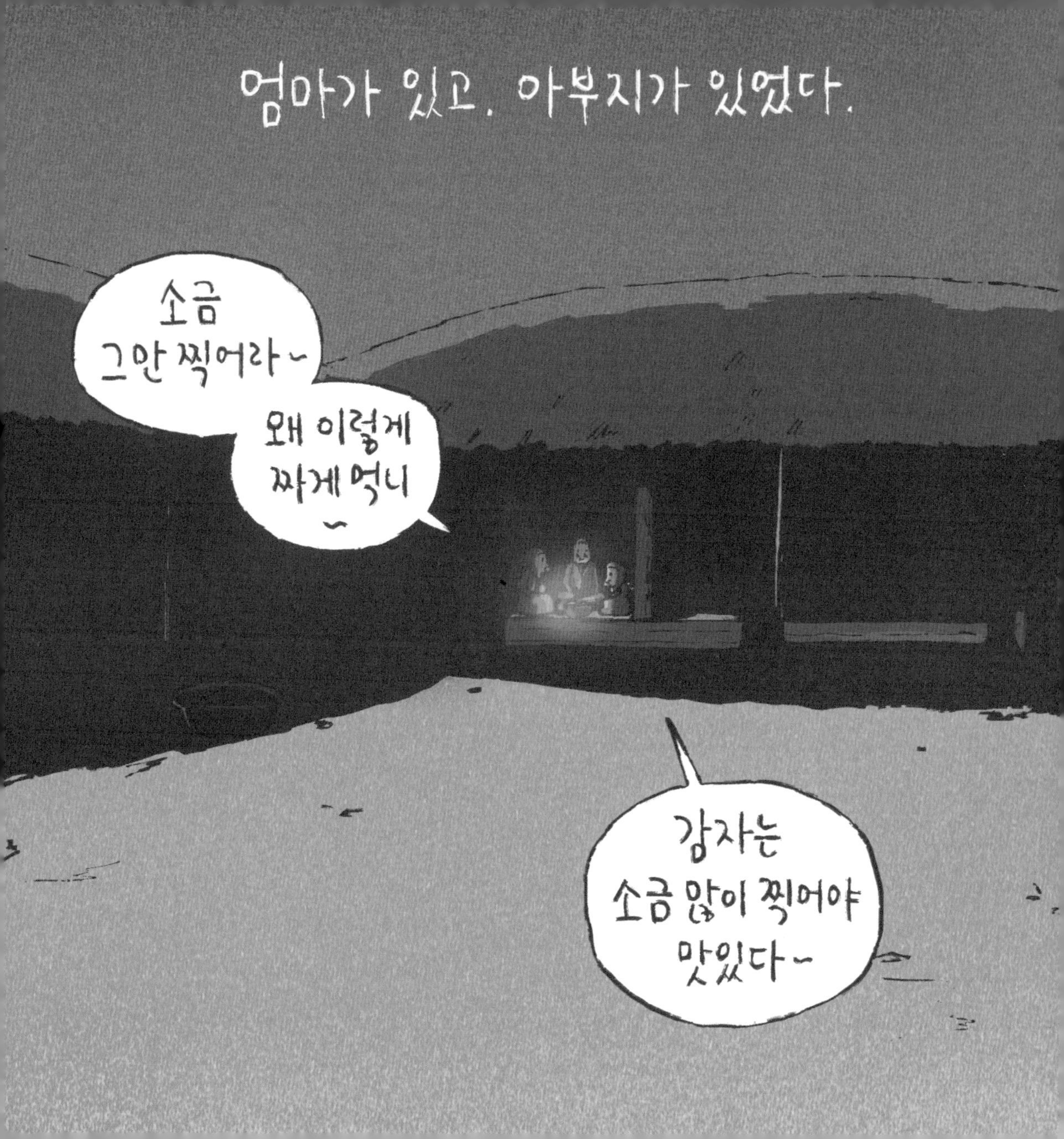
엄마가 있고. 아부지가 있었다.
소금 그만 찍어라~
왜 이렇게 짜게 먹니~
감자는 소금 많이 찍어야 맛있다~

해가 지면 자고. 해가 뜨면 일어났다.
그때는 마을에 전기도 없었다.

아, 엄마! 어제 이거 색 입힌거야?!
어제 아침에 니 아부지가 사오셨다. 니 해준다고.
와! 진짜 진짜 곱다!
그 모든 것이 지금에 비하면
시시하고 보잘 것 없을지도 모른다.

그래도, 할머니는 그때가 좋았다.

"기찻길이 있는 큰길에서 왼쪽 어귀를 돌면 밭 옆에 올곧은 길이 나오거든. 그 옆의 산세며 꽃들이며 구경하다 보면 올곧게 갈 수만은 없지. 그렇게 이리저리 노닐다 한 번 더 왼쪽 어귀로 내려오면, 저기 우리 집이 보이는데 비라도 온 다음 날이면 거기가 진탕이라 치마를 버려."

할머니는 지금도 광목치마의 분홍빛이 눈에 선하다 하신다. 행여나 분홍빛이 바랠까 봐 양손으로 살포시 거들고 뛰놀던 길이 눈에 선하다고 하신다.

하지만 아무리 눈을 질끈 감아도 아버지, 엄마의 얼굴은 흐릿하다고 하신다. 너무 늦게 알게 된 두 분의 사랑에 눈물이 맺혀 얼굴이 잘 안 보인다고 하신다.

\\DANGER\\

\원격 약손/

무슨 맛?

부방방뛰

난 뭐든 잘 먹어

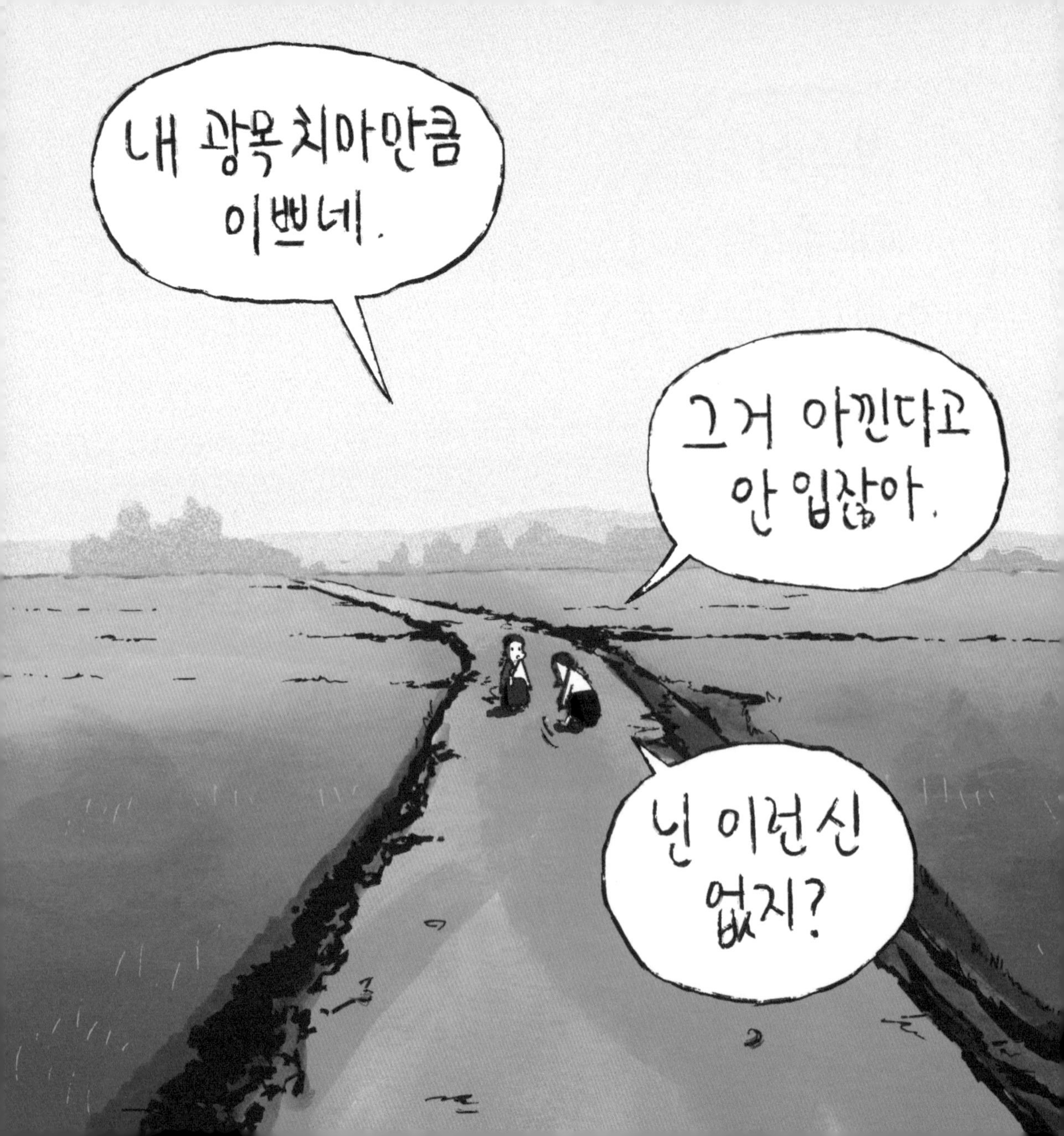
내 광목 치마만큼 이쁘네.
그거 아낀다고 안 입잖아.
넌 이런 신 없지?

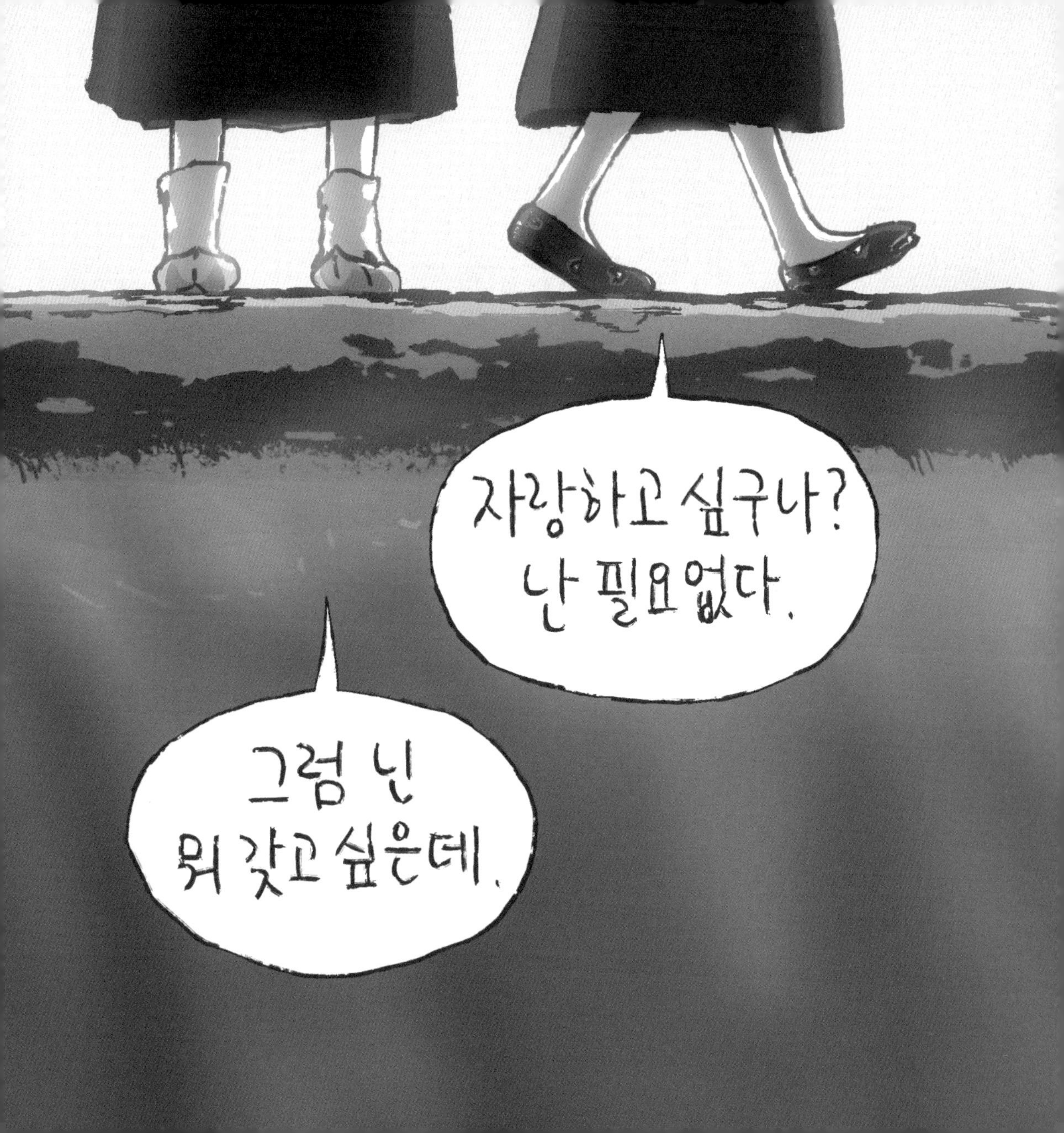
자랑하고 싶구나? 난 필요없다.
그럼 난 뭐 갖고 싶은데.

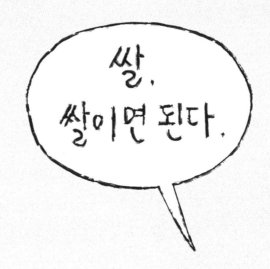

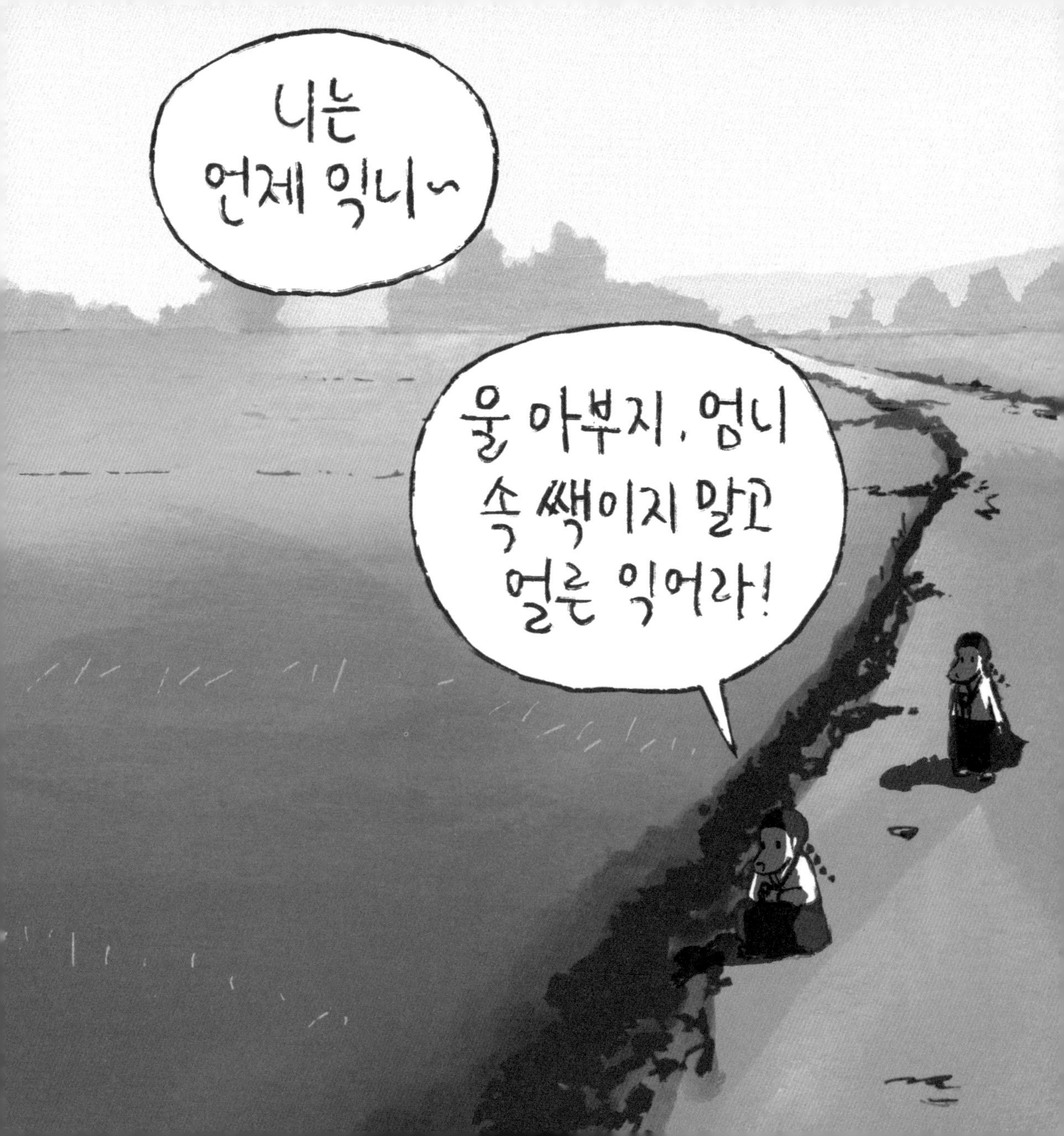
나는 언제 익니~
울 아부지, 엄니 속 쌕이지 말고 얼른 익어라!

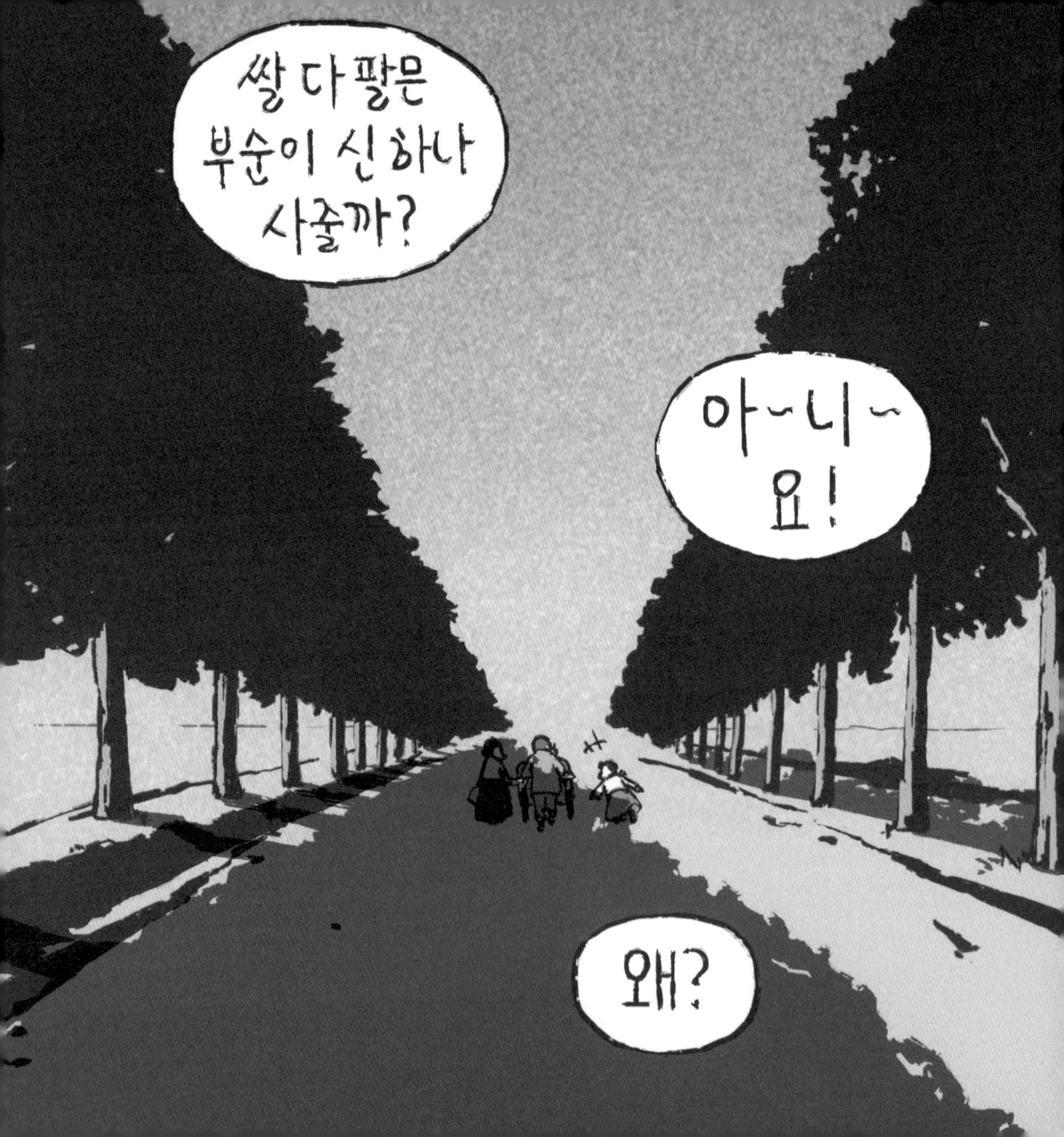
쌀 다팔믄 부순이 신 하나 사줄까?
아~니~ 요!
왜?

어려서 할아버지는 원래부터 할아버지인 줄만 알았다. 그냥 할아버지. 처음부터 할아버지. 할아버지의 어린 시절이 문득 궁금해졌을 무렵 할아버지는 돌아가셨다. 그리고 아버지의 학창 시절이 궁금해졌을 무렵 아버지도 돌아가셨다. 난 조바심이 났다. 그래서 할머니께 여쭤보고 또 여쭤봤다.

  평소와 다름없는 저녁 식사, 분위기를 띄울 요량으로 별스럽지 않게 할머니께 여쭤봤다. 지금 제일 가지고 싶은 것이 뭐냐고. 허허하고 웃으시던 할머니는 곧 말을 아끼셨다. 젓가락으로 밥알을 한참 매만지시더니 이내 입을 여셨다.

  "아부지, 엄마가 제일 갖고 싶지."

할머니와 나랑 사는 이야기,

겨울

제사

영원히 살 것처럼

웃없지? 웃없지!

힐끔

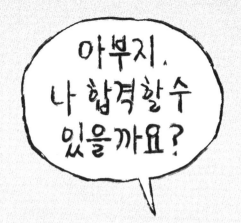

소학교

9살 겨울. 부순이는 시험을 치러 읍내에 나갔다.

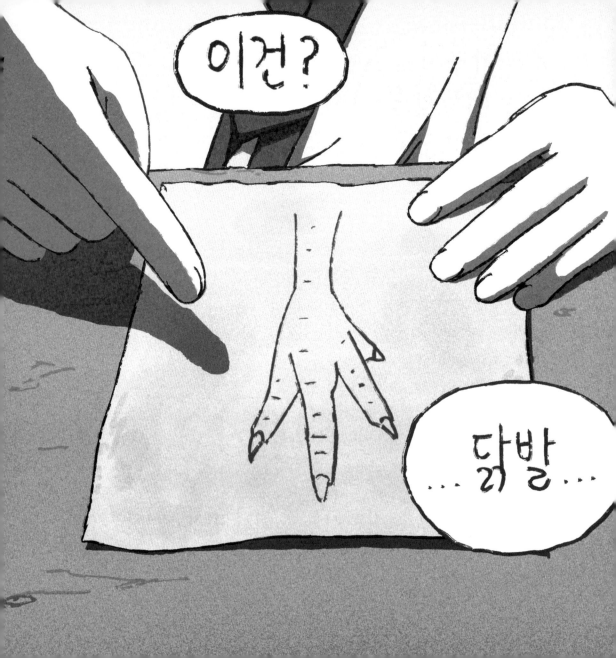

부순이는 우리말로 시험을 치렀고,

동네 남자 아이들은 으스댔다.

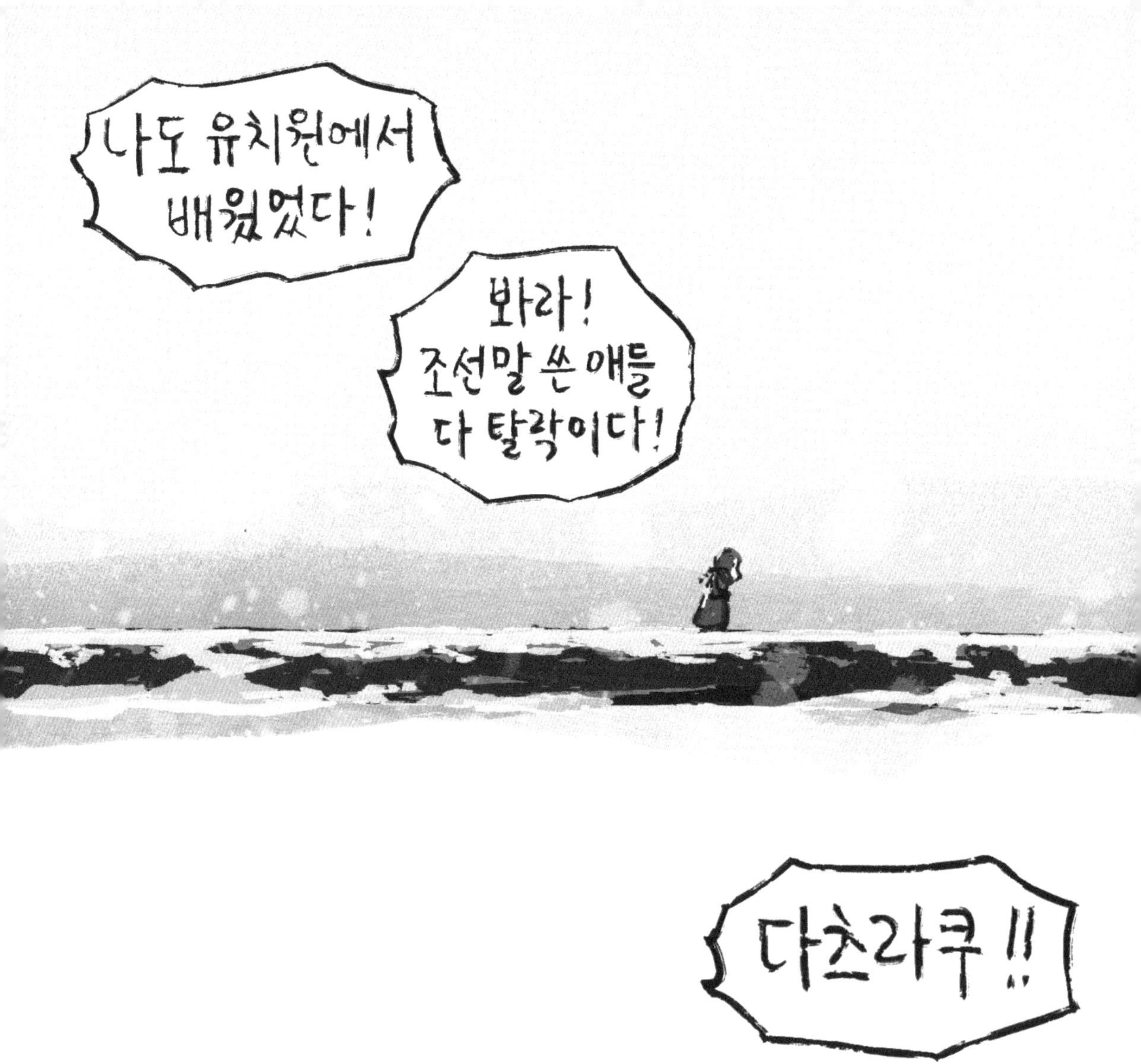

*다츠라쿠 : 탈락

부순이는 왜경 삼촌도 없었고,
　　　유치원도 다니지 못했다

부순이는 학교에 다니고 싶었다.

우리말로 시험을 치른 부순이가
합격할리 없었다.

그럼에도 가족은 통지서만
오매불망 기다렸다.

혹시 모르니까.

학교에 가고 싶은 나를 가엾이 여겨,

합격시켜 줄지도

오르니까.

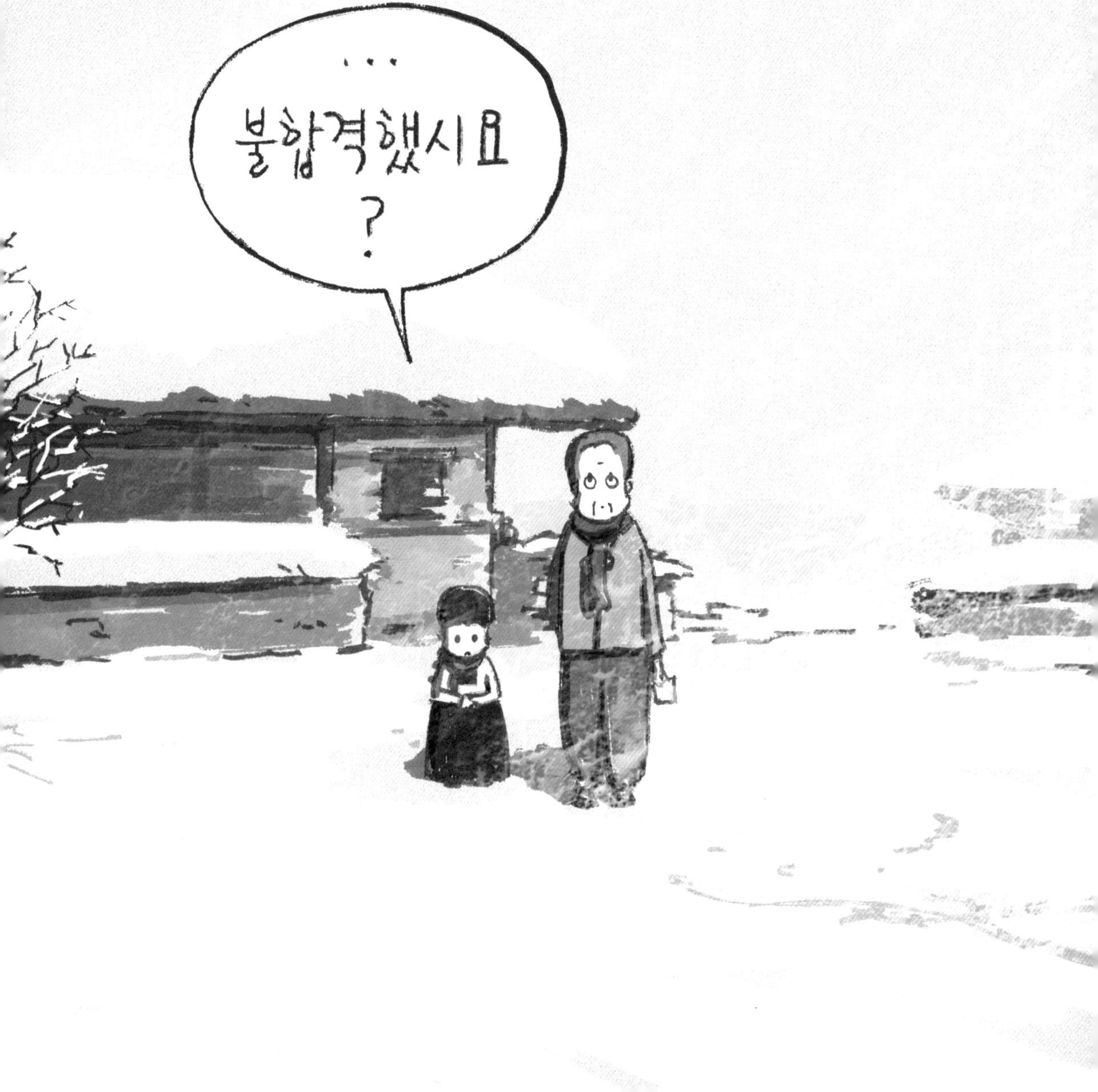

...
불합격했시요
?

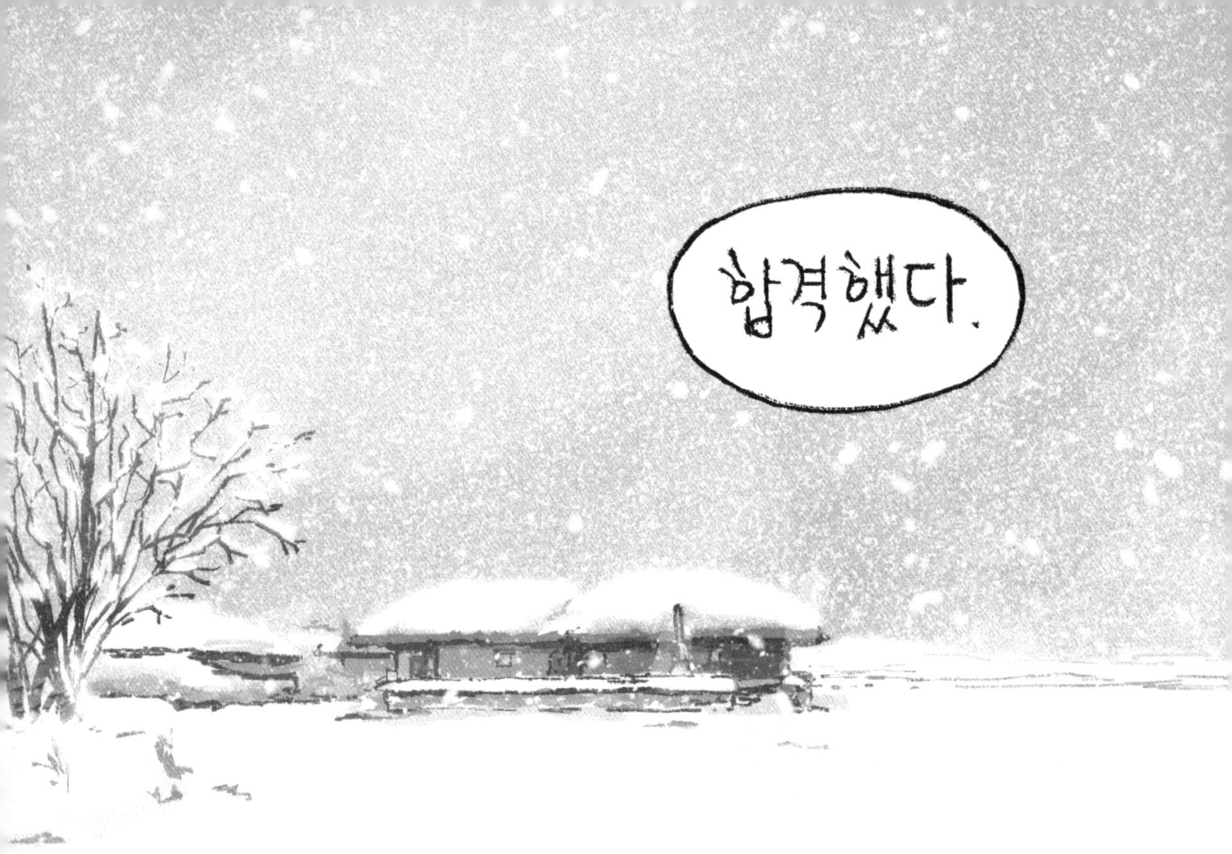
합격했다.

\\예벼//

할머니. 비타민 드셔.
아이구. 뭔 또 약을 먹어.
합!
믿장빼기 아냐?
드신거 맞아? 먹는척하고 약통에 넣을라고 그러지!
에~ 해봐요 !!
예벼! (옘병)
에!

그래 좋다

＼반가운 손님／

신정인데 고모가 왜 와요.

쉬셔야지.

!

개망령이 들면 오지!

아니, 그게 무슨!

ㅋㅋㅋ ㅋㅋㅋ ㅋㅋㅋ ㅋㅋㅋ ㅋㅋㅋ ㅋㅋ

띵-동! 띵-동!

하하.

어?

집에서 분실

다 봤어

잠깐 나갔다 올게

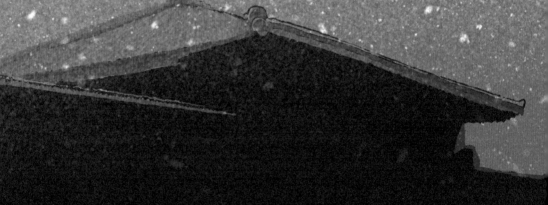

요강

할아버지. 할머니와 함께 잠들 추운 밤에.

할머니가 요강을 웃목에 갖다 놓으시면,

추운 것도 잊고 이불을 박차고 일어나.

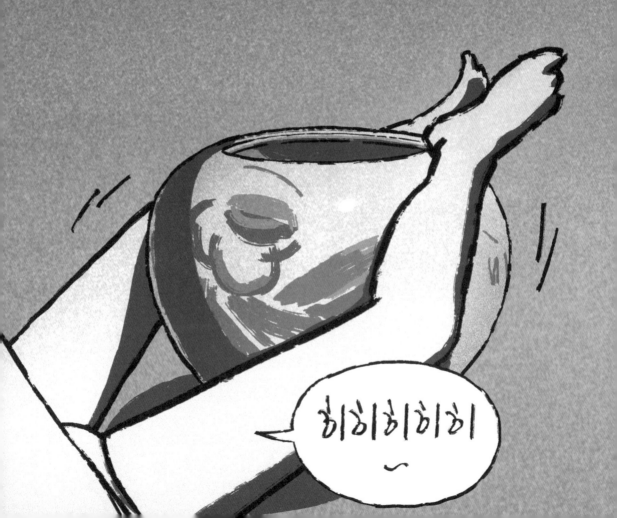

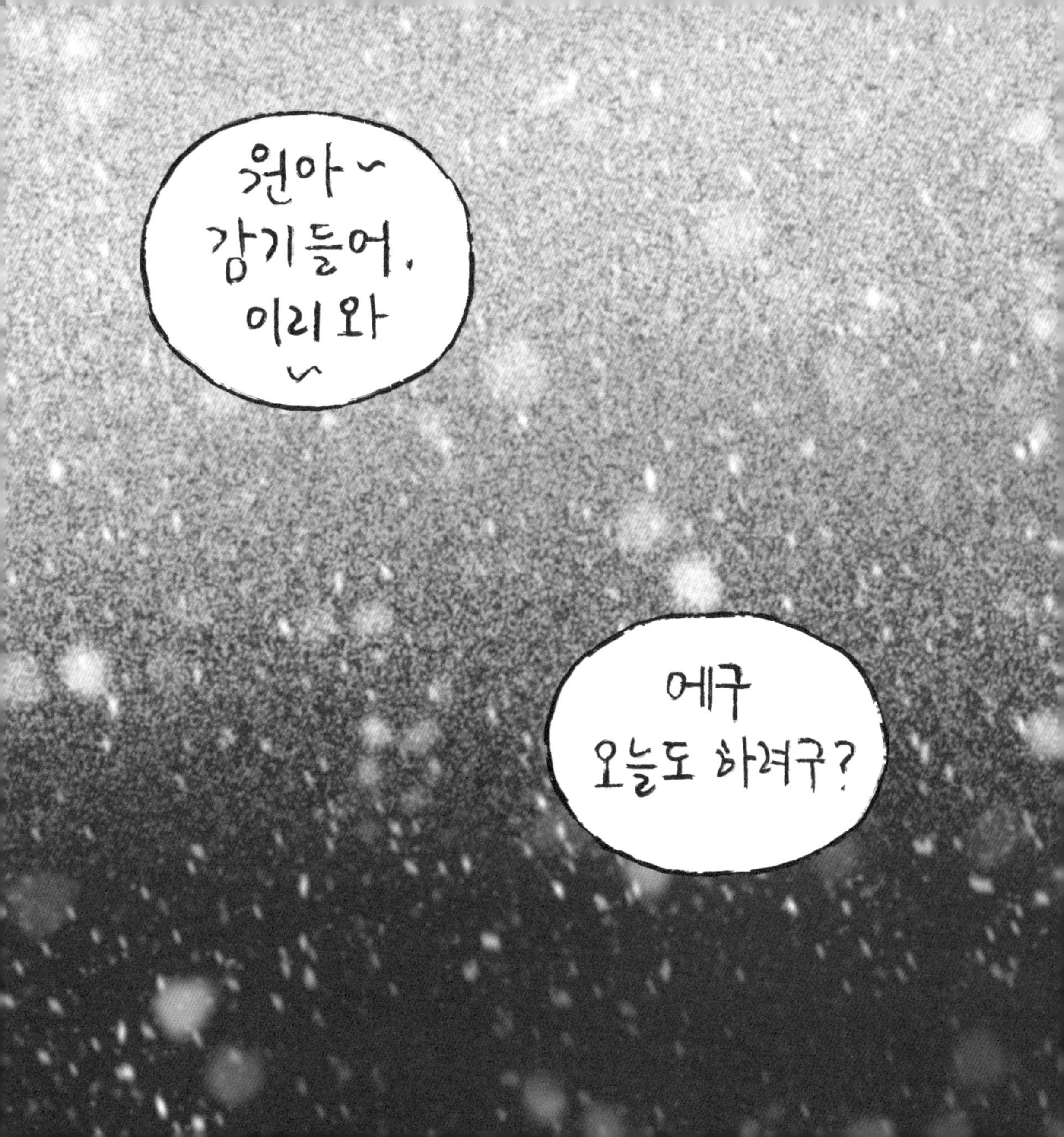
원아~ 감기들어. 이리와~
에구 오늘도 하려구?

차가워진 종아리를
할머니 살갗에 문대기!

반대쪽은 ~
할아버지 살갗에 문대기!

어허으!
허으!

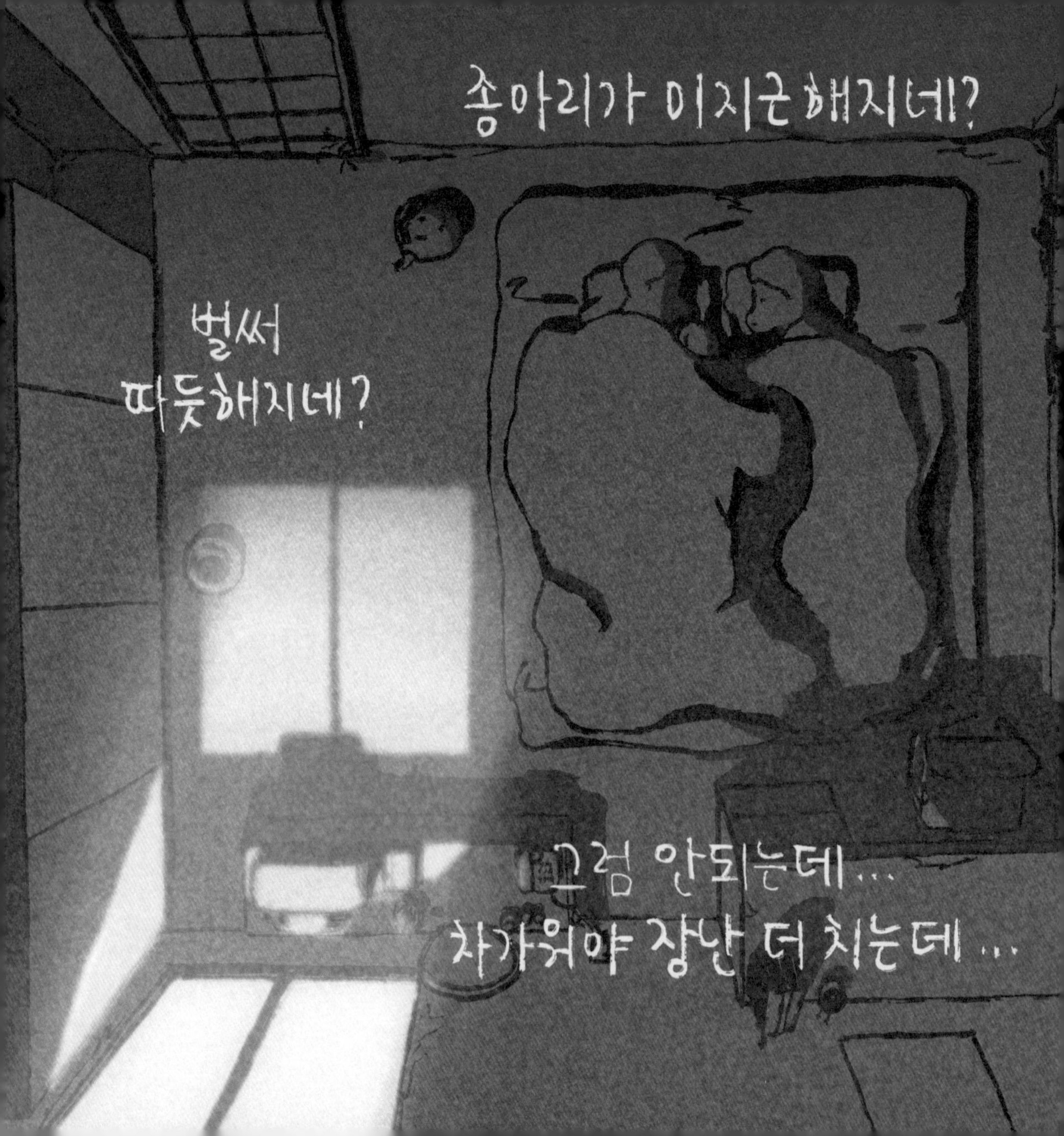
종아리가 미지근해지네?
벌써
따듯해지네?
그럼 안되는데...
차가워야 장난 더 치는데...

따뜻했던 당신의 체온.

그리운
당신의 향기,

잊혀져가는 당신의 품.

그리운 당신,
그곳은 어때요?

늦은 겨울밤, 할아버지는 항상 속옷 바람으로 이불을 덮고 텔레비전을 보셨다. 할머니도 매번 긴치마를 입은 채로 잠자리에 드셨다. 나는 팬티만 입은 채 두꺼운 이불 안의 할아버지 할머니 사이를 폴짝폴짝 뛰놀다가, 장난쳐야지 하고 마음먹으면 윗목에 자리를 잡고 다리를 요강에 비볐다. 할아버지는 내심 살짝 겁이 나시는지 눈을 감고 자는 척을 하셔도 아직 안 주무시고 있다는 건 다 알고 있었다.

그렇게 이불 속 할머니, 할아버지 사이로 쏙 하고 들어가서 살갖을 이리저리 문대면 그렇게 따듯하고 포근할 수가 없었다. 이제는 그날의 기억을 되짚어 볼 수밖에는 없지만, 조금씩 흐릿해져 가지만.

'당신의 품을 내가 어떻게 잊을 수 있겠어요, 어찌 눈물을 훔치지 않을 수 있을까요.'

보기만 해도

\\스테이크와 파김치\\

콩심콩

개 주디

\뽀인트/

달님

하아
하아

어려서 난,
달님이 날 지켜준다
여겼다.

내가 몇 발짝 뛰면,
달님은 몇 발짝 멀어져야 하는데,

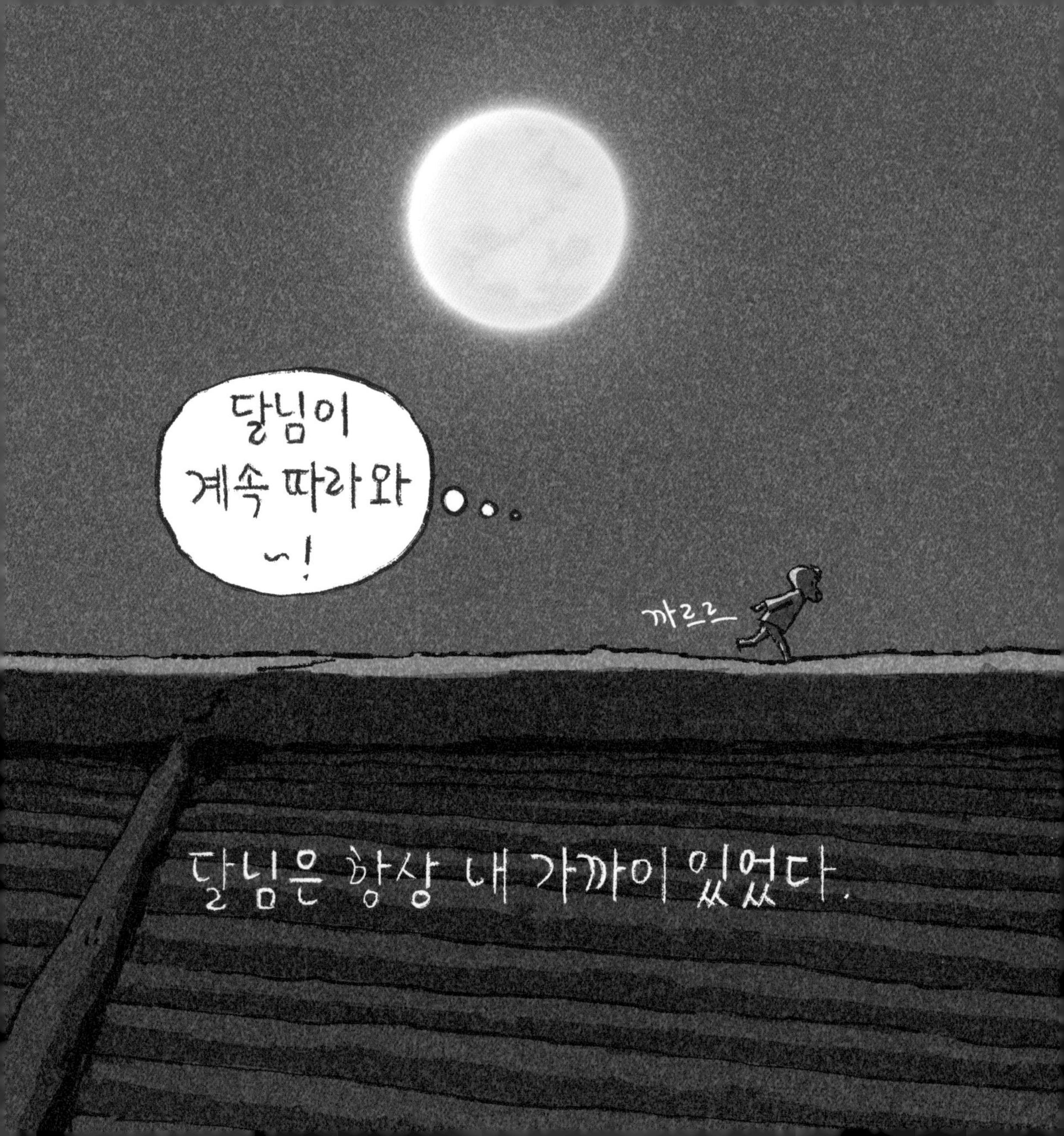
달님이 계속 따라와~!
까르르
달님은 항상 내 가까이 있었다.

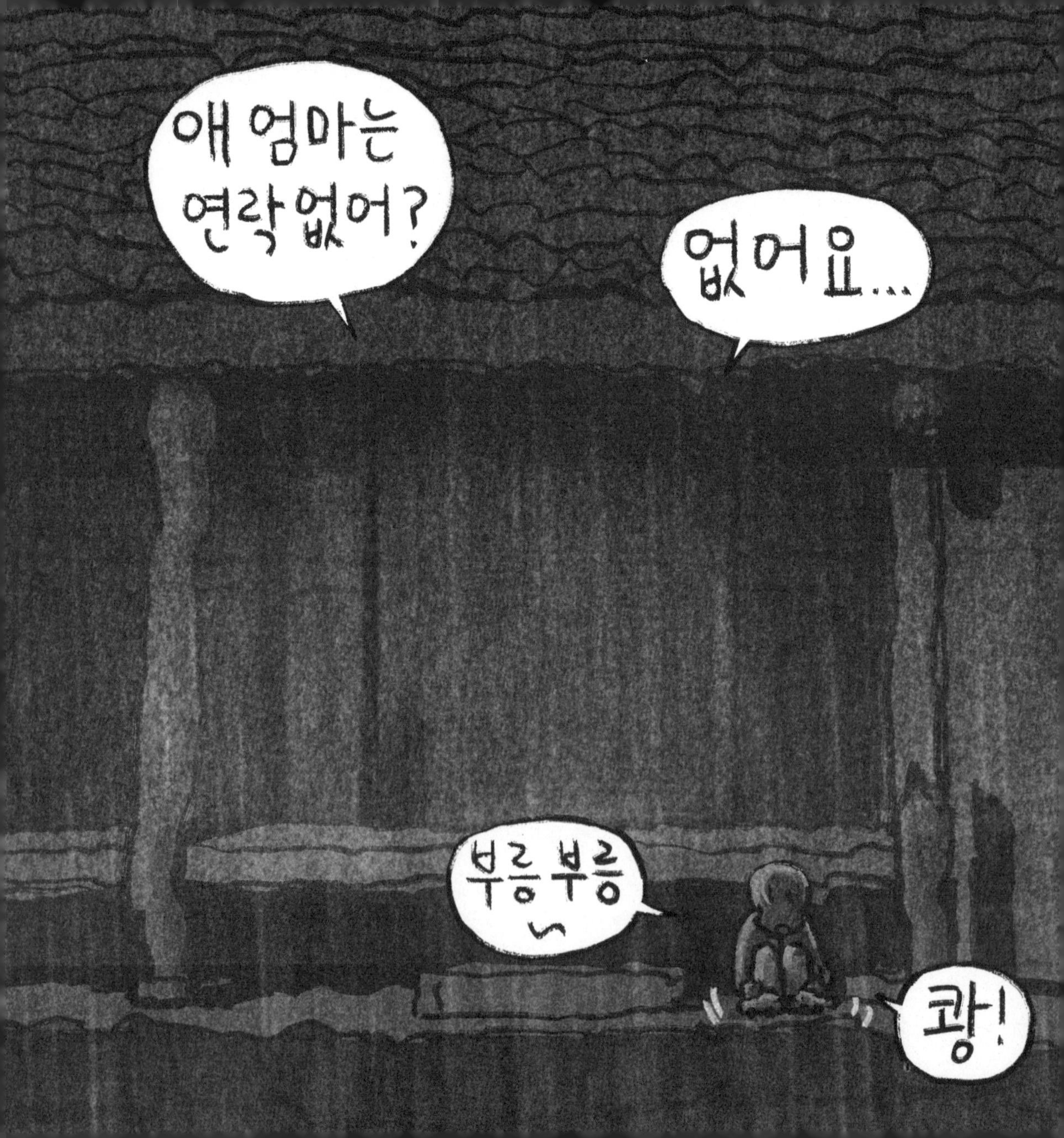
애 엄마는
연락없어?
없어요...
부릉부릉
~
쾅!

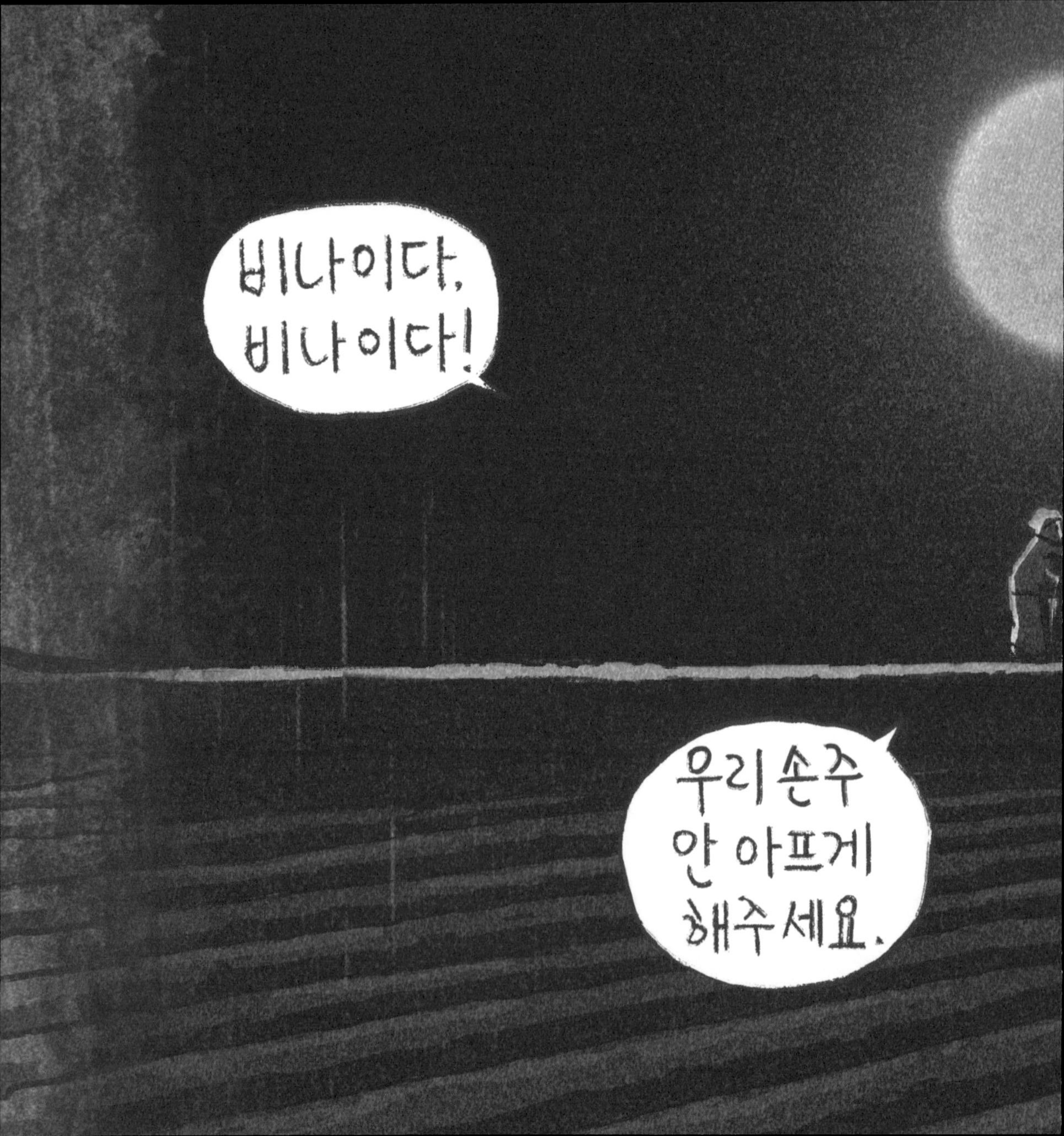
비나이다, 비나이다!
우리 손주 안 아프게 해주세요.

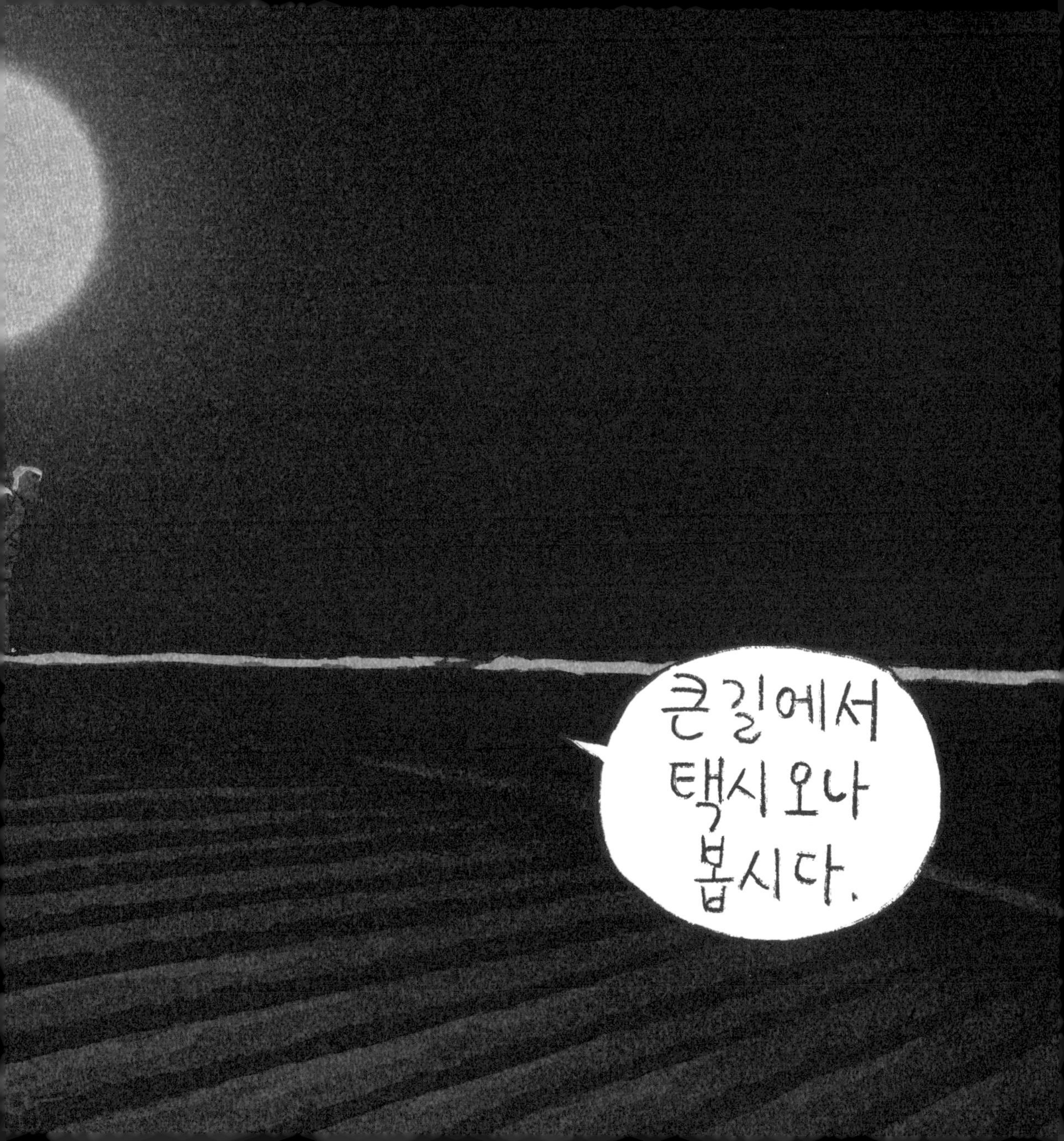
큰길에서 택시오나 봅시다.

어, 택시
저기 오네.

달님은 항상 내 가까이 있었다.

시골집으로 가는 길이 참 좋았다. 올곧게 뻗어진 길 왼편에는 동산이 있고 오른편에는 밭이 넓게 펼쳐져 있었다. 나는 봄이 되면 풀잎을 세며 길을 거닐었고, 가을이 되면 동산에 올라 밤을 찾았다. 보름달이 뜨면 나를 따라오는 달님과 숨바꼭질을 했다. 달님이 날 지켜주는 게 분명해. 이 벅찬 기쁨이 사라졌을 무렵부터 난 달님에게 무심해졌다.

"다른 애들은 다 엄마가 있는데 왜 난 없어?"

난 내가 가지지 못한 것에 대해 투정을 부렸다. 그럴 때마다 할머니와 할아버지는 깊은 한숨만을 내쉬었다. 어떻게 해줄 방도가 없었기에. 그걸 알면서도 계속 난 떼를 썼다. 지금 돌이켜보면 난 계속 달님과 숨바꼭질을 하고 있었다.

'내 달님아. 날, 잡아봐요. 날, 더 사랑해줘요. 날, 더 보살펴줘요.'

이제 내가 달님이 될 차례다.

할머니와 나랑 사는 이야기,

다시 봄.

맛있다아

장래희망 고물상

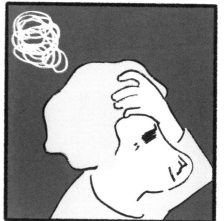

베란다

\싸움은 별개/

수고했다

얄미운 뇨속

하나니까

타짜

마중

우리 할머니의 자가용이
달달거린다.

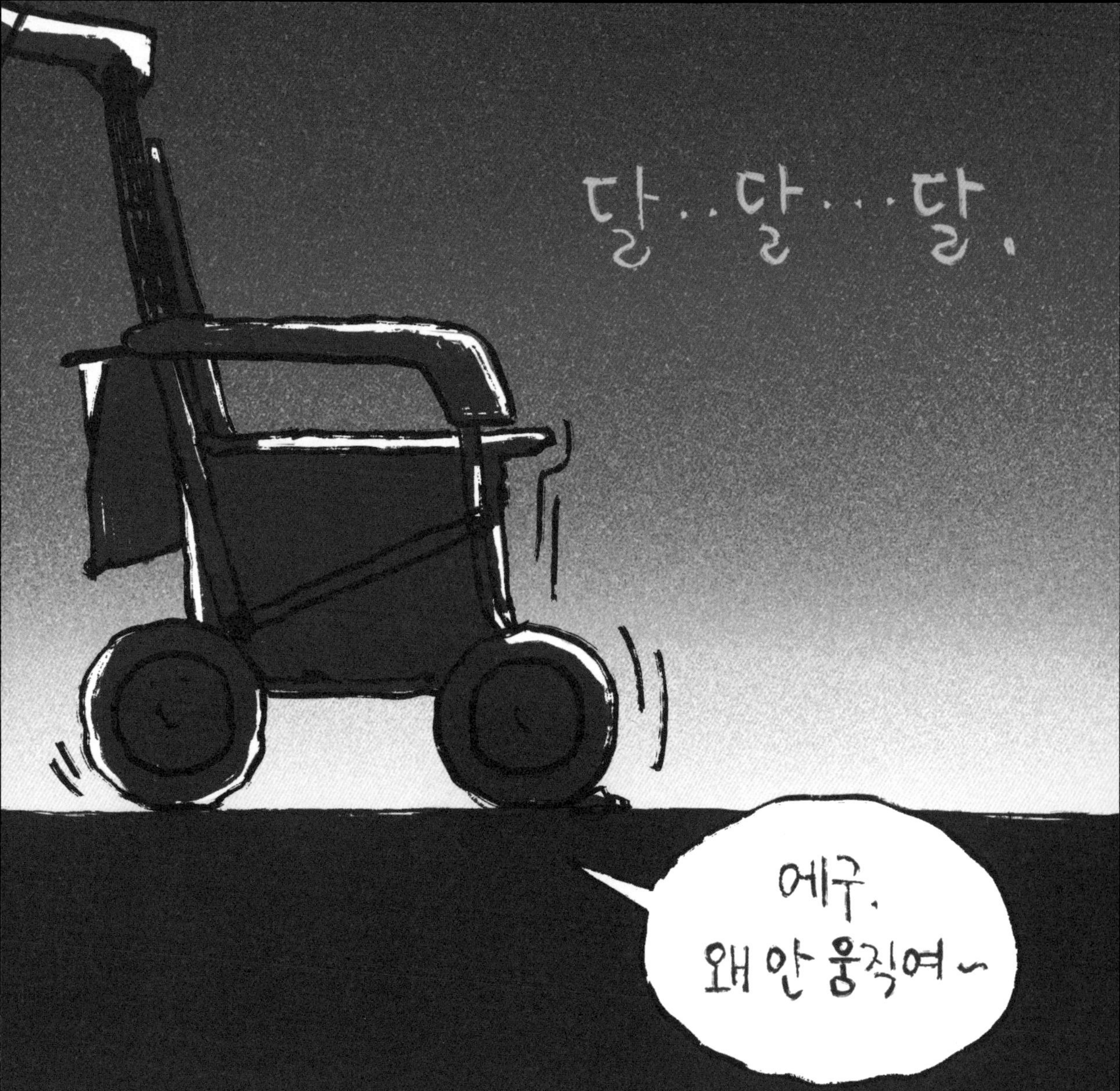
달..달...달.
에구.
왜 안 움직여~

실버카는 올해로 다섯 살.

원이는
집에 왔나~?

실버카가 그동안 고생을 많이 했다.

할머니, 실버카 다 고장났는데 바꾸자니깐-

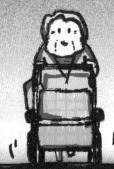

엘리베이터 문이 열리면 할머니의 실버카가 제일 먼저 눈에 들어온다. 실버카가 없는 오후는 할머니께서 운동을 나가신 것이고, 실버카가 제자리에 있는 저녁은 할머니께서 집에 계신 것이다. 나는 현관문 앞에 가방을 내려놓고 실버카가 잘 굴러가는지, 이상은 없는지, 어디 닦을 곳은 없는지 대화를 하곤 한다.

　'오늘도 잘 있었니? 우리 할머니 잘 모셔다드렸니? 할머니 짐도 잘 들어 드렸니? 쉬실 때 의자에 잘 앉으셨니? 오늘은 흙이 조금 묻었네, 할머니께서 지름길로 가셨니? 그 길에 언덕배기도 쉬 올라갔니? 내가 소원이 있는데 들어주지 않을래? 부디 오랫동안 내 곁에 있어줘요.'

포근한 마음들이 세대를 거쳐 기억되길

나는 할머니를 사랑하면서도 한편으로는 가여웠다. 한평생 소학교 밖에 못 다니신 게 한이셨던 할머니. 언제나 나에게는 따듯한 밥을 지어주고 자신은 찬밥만 드시던 할머니. 내가 학교에서 언제 올까, 버스는 잘 탔나, 항상 걱정하시던 할머니. 전화라도 안 받으면 노파심에 밤을 지새우셨던 할머니. 저 달이 군대에서도 보일까···. 손자가 보고 싶은 그 마음 한 자, 한 자 깨끗한 종이에 꾹꾹 눌러 담아 손수 편지를 보내셨던 할머니. 그 모든 할머니의 면면이 아련하고 또 아름다웠다.

난 할머니를 더 알고 싶었다. 어릴 때 즐겨 하던 놀이는 무엇이었는지, 좋아하던 음식은 무엇이었는지, 어떤 꿈을 꾸셨고, 뭐가 되고 싶으셨는지. 난 할머니를 더 사랑하고 싶었다. 그리고 남기고 싶었다.

감사하게도 많은 분들이 인스타그램을 통해 좋아해 주시고 응원해

주시며 공감해 주셨다. 따뜻한 댓글들을 할머니께 읽어드리면, 부끄럽다고 하시면서도 얼굴에는 완연한 미소가 피었다. 우리는 그전보다 매우 밝아졌고, 서로를 더 믿고 의지하게 되었다. 한 줄 두 줄 포근한 마음들이 공간을 넘어 이렇게나 전달되다니. 훗날 자식들에게 이 기록, 따뜻한 응원과 감사한 마음까지 모두 이야기해 주고 싶다.

"내가 정말 사랑하는 사람이 있었단다. 그 사람 덕분에 내가 지금 여기에 있지. 너희들도 부디 기억해 주렴. 그리하면 그 사람은 나와 너희 안에서 영원히 살아갈 거야."

김현원